LA CAMPAGNE

de six semaines,

POËME EN TROIS CHANTS.

A CHALON S. S.

DE L'IMPRIMERIE DE DELORME.

1806.

LA CAMPAGNE

de six semaines,

POEME EN TROIS CHANTS.

CHANT PREMIER.

OH ! qui pourra chanter sur la lyre des Dieux,
Du grand NAPOLÉON les exploits glorieux,
Et ces champs d'Austerlitz où sa rare vaillance
De deux fiers potentats confondit l'arrogance ?
Achille eut son Homère, et seul avec succès
Delille peut chanter notre Achille français ;
Que vais-je donc tenter, et quelle est mon audace !
Ignorant les sentiers qui mènent au Parnasse,
Moi qu'on ne vit jamais à la cour des neuf Sœurs,
Grossir le flot pressé de leurs adorateurs,
J'ose, sans leur aveu, sur une faible lyre,
Célébrer un héros que l'univers admire,
Et pour suivre en son cours ce rapide torrent,
Mettre au galop Pégase, et rimer en courant :
J'ose franchir enfin et ces monts et ces plaines
Que l'aigle du vainqueur conquit en six semaines.
Essayons toutefois un si noble projet,
Dussé-je m'égarer dans mon vol indiscret !

O toi ! qui, dédaignant les sources mensongères ;
Ne puises point tes faits au pays des chimères,
Et sans le vain secours des riches fictions,
Sais l'art d'intéresser toutes les nations ;
De l'histoire des tems sage dépositaire,
Qui juges les grands noms avec un soin sévère,
Véridique Clio, viens, déroule à mes yeux
D'un règne encor naissant les fastes glorieux.
Pour retracer des faits qui tiennent du prodige,
Dois-je d'un art menteur invoquer le prestige ?
Que la vérité soit l'ame de mon récit ;
Où tout est merveilleux la vérité suffit.

L'heureux NAPOLÉON, au comble de la gloire,
Commençait à goûter les fruits de la victoire ;
L'anarchie en tremblant cachait son front hideux,
Ce front souillé du sang de tant de malheureux ;
Et d'un éclat nouveau la France énorgueillie,
Oubliait des Bourbons l'antique dynastie,
Satisfaite de voir son nouvel Empereur
De Charlemagne même effacer la splendeur.

Cependant, à l'aspect de la Gaule tranquille,
L'inquiète Albion s'alarmait dans son île ;
Son roi, pour la calmer, s'agite en vains efforts ;
Une sombre terreur règne dans tous ses ports :
Elle voit s'approcher l'instant de la vengeance,
Où le vainqueur, armé de toute sa puissance,
N'attend d'autre signal que la faveur des vents,
Pour jeter sur ses bords des flots de combattans.
D'innombrables bateaux enchaînés au rivage,
Sont préts de les porter à cette autre Carthage ;

Et l'océan surpris de ces apprêts nouveaux,
Semble abaisser pour eux la fierté de ses eaux.

A ce pressant danger la perfide Angleterre
Oppose de son or la ressource ordinaire ;
Ses agens corrupteurs, chez tous les potentats,
Vont la bourse à la main marchander des soldats.

Le Nord offre sur-tout à leurs vils émissaires
De ces princes sans foi, de ces rois mercenaires,
Que l'avarice lie à tous leurs noirs projets ;
Alexandre leur vend le sang de ses sujets.
Quoi ! l'on verra ce peuple enhardi par ses crimes,
Sacrifier encor des milliers de victimes !
Et c'est vous, ô Césars, qui servez ces pervers,
Vous qu'à les châtier invitait l'univers !
Aveugles instrumens de leur haine perfide,
Vous renouez pour eux une ligue homicide,
Sans vous douter qu'un jour leur funeste amitié
Vous coûtera plus cher que leur inimitié.

Ainsi pour ses foyers l'Angleterre tremblante,
Cherchant à détourner le coup qui l'épouvante,
Sème par-tout le trouble et les divisions ;
Contre le nom Français arme les nations,
Appelle des soldats du fond de la Scythie,
Soulève de nouveau l'heureuse Germanie ;
Et dans sa cruauté s'applaudit en secret
Du vaste embrâsement dont elle attend l'effet.

Le Monarque français, d'un œil prudent et sage,
Voyait, sans s'étonner, s'approcher cet orage.
Quel nouveau champ de gloire offert à sa valeur !
Mais des lauriers sanglans répugnent à son cœur.

Sûr de vaincre, il gémit des malheurs de la guerre,
Et voudrait assurer le repos de la terre ;
Mais en vain des traités il réclame les droits,
Ses rivaux abusés ont méconnu sa voix,
Et du perfide Anglais n'écoutant que la haine,
Courent en insensés à leur perte certaine.
Las de combattre en vain leur orgueil obstiné,
Et cédant aux transports de son cœur indigné :
« Ils repoussent la paix, eh bien ! faisons la guerre ;
» Mais que ce coup pour eux soit un coup de tonnerre » !
Il dit, et ses guerriers tant de fois triomphans,
Ont tressailli de joie à ces mâles accens ;
Tous volent se rejoindre à leur chef intrépide.
Ainsi vit-on jadis accourir de l'Aulide
Les Grecs impatiens de suivre Agamemnon ;
Tels étaient les Français, et tel NAPOLÉON.
Quels soldats ! quel héros ! qu'il commande à leur tête,
De l'univers entier il fera la conquête.
Des Germains cependant le parjure empereur,
Pressant de ses guerriers l'ordinaire lenteur,
Avait à l'improviste envahi la Bavière,
Et de l'Alsacien menaçait la frontière.
Il comptait, prévenant nos bataillons épars,
Dans Strasbourg étonné planter ses étendards :
Il comptait..... mais déjà le héros qui s'avance,
Par des coups plus certains annonce sa présence.
On le croit à Paris ; et déjà sur le Rhin,
Des états de Vienne il s'ouvre le chemin.
Qu'ils sont grands les Français, lorsqu'un héros les guide !
Vous fuyez devant eux comme un troupeau timide,

Croates et Pandours, noms jadis redoutés;
Vous, enfans du Tyrol, montagnards si vantés;
Qui du plomb meurtrier dirigeant la vîtesse,
Savez frapper au but avec tant de justesse!
En vain de vos rochers vous vous tenez couverts,
Nos soldats, pour vous vaincre, iraient jusqu'aux enfers.

    D'un pas rapide ainsi s'avançait notre armée,
Forte de sa valeur et de sa renommée,
Fière d'avoir vaincu dans plus de vingt combats,
Et comptant des héros autant que de soldats.
Au seul bruit de son nom la Bavière reprise,
Vingt bataillons en fuite et la Souabe conquise,
Sont les moindres exploits du héros conquérant;
NAPOLÉON combat et triomphe en courant.

    Village d'Elchingen, témoin de sa victoire,
Tu lui devras un nom célèbre dans l'histoire:
C'est là que ralliant ses bataillons épars,
Mack enfin d'un combat veut tenter les hasards.
Mack, heureux à la cour, malheureux à la guerre,
Battu vingt fois, mais fier et toujours téméraire,
De sa captivité prétend venger l'affront,
Et les revers nombreux dont rougissait son front.
Ici les remparts d'Ulm appuyaient son armée;
Ici la protégeait une masse enflammée,
D'où s'échappait la mort par cent bouches de fer,
Vrai spectacle d'horreur, image de l'enfer;
Et la nature et l'art, par un accord terrible,
Formaient pour sa défense un rempart invincible.
Mais, tel que dans sa course un fleuve impétueux,
Par l'obstacle arrêté mugit plus furieux,

Précipite sa vague écumante de rage ,
Prête à tout renverser pour s'ouvrir un passage ;
Tel on voit le Français , dont la bouillante ardeur
S'accroît par le péril et se change en fureur ,
Frémir, impatient d'affronter la tempête
De ces globes de feu qui tonnent sur sa tête.
NAPOLÉON retient leur courroux menaçant ,
Sa prudence résiste à leur empressement :
Il craint par trop de sang d'acheter la victoire,
Et veut que son génie en ait toute la gloire.

   Mais comment retracer en mes timides vers ,
Des faits dont le récit étonne l'univers !
Ignorant dans cet art qui forma les Turenne,
Je ne pourrais que suivre une route incertaine.
O vous, de BONAPARTE illustres compagnons,
Formés sous ses regards , instruits par ses leçons,
Confidens des secrets de son rare génie ,
Dites-nous par quel art ou par quelle magie
Il sut envelopper et prendre en un instant
Une ville, une armée , et son chef et le camp ?
Muses qui des héros célébrez les merveilles ,
Jamais si grands exploits n'ont frappé vos oreilles :
Et que sont près de lui ces demi-dieux mortels
A qui Rome et la Grèce élevaient des autels !
Fléaux du genre humain , ministres de colère,
Leurs succès se bornaient à désoler la terre,
L'incendie et la mort suivaient ces conquérans ,
L'humanité pleurait leurs triomphes sanglans.
Loin ces cruels exploits dont frémit la nature,
Ta gloire, ô BONAPARTE , est innocente et pure ;

Bellone sous tes lois perd sa férocité ;
Tes succès ne font point gémir l'humanité :
Ainsi, près d'Elchingen ta manœuvre savante
Sut rendre des deux camps la lutte moins sanglante ;
Lorsque dans son espoir l'Autrichien trompé,
Par un coup de ton art se vit enveloppé.
Mack n'échappe qu'à peine : une prompte retraite
Le porte aux remparts d'Ulm, témoin de sa défaite :
Vingt mille fugitifs, compagnons de son sort,
A la hâte avec lui s'enferment dans le fort.
Mais déjà le Français tonne autour de la place,
Par la voix d'un héraut NAPOLÉON menace :
Il menace.... soudain tout a frémi de peur,
Et Mack ouvre en tremblant les portes au vainqueur.
Dans Vienne déjà l'agile renommée
Avait instruit François du sort de son armée ;
Le monarque pâlit à ce coup imprévu :
Dans quel abaissement il se voit descendu !
Désormais fugitif, souverain sans puissance,
Entouré d'ennemis, et privé de défense,
A qui recourut-il dans ce pressant malheur ?
Déjà sa capitale est ouverte au vainqueur ;
Et son aigle abattu sous celui de la France,
A perdu pour toujours son antique arrogance.
Heureux si dès ce jour maudissant les Anglais,
Et tournant ses regards vers l'astre de la paix,
Il repoussait enfin par-delà ses frontières,
De ses amis du nord les bandes meurtrières ;
Mais ce prince obstiné dans sa fatale erreur,
Du fond de la Russie attendait son vengeur,

Et son traître ministre en haine de la France,
D'un nouveau Souwarow flattait son espérance.
Que je les plains, hélas ! ces rois infortunés,
Par des conseils pervers lâchement gouvernés !
Sans Cobentzel et Pitt, le démon de la guerre
N'eût point de ses fureurs ensanglanté la terre.

  C'est pour les réparer que combat le Français ;
Le ciel qui voit sa cause en bénit le succès :
Déjà nos grenadiers, de leurs mains triomphantes,
Dans Vienne ont planté leurs enseignes flottantes.
C'est alors que l'on voit tous ces braves soldats
Si craints, si redoutés au milieu des combats,
Des plus douces vertus offrir l'heureux modèle,
Tendre aux bons Viennois une main fraternelle :
Tel est l'esprit du chef ; et de tant de guerriers,
Aucun par des excès ne souilla ses lauriers.

  Non loin de la cité, dans un val romantique,
S'élève de Schœnbrunn l'édifice gothique ;
Dans son mâle dessin il n'offre point aux yeux
De nos palais du jour les contours gracieux :
Simple en sa forme, il plaît par sa masse imposante
Et les grands souvenirs qu'à l'esprit il présente.
Schœnbrunn des empereurs fut long-tems le séjour.
Là, l'auguste Thérèse avait fixé sa cour :
Tout y retrace aux yeux son auguste visage,
Et le marbre et la toile en rappellent l'image.
Telle on la voit encore qu'elle parut jadis,
Quand près de succomber sous ses fiers ennemis,
Elle appelle au secours du trône qui chancelle,
Ses fidèles Hongrois prêts à mourir pour elle.

Là, d'immenses vergers et de rians bosquets,
D'un rempart de verdure enferment ce palais.
O prodige ! ici l'art a vaincu la nature,
Et le printems sourit où règne la froidure.
Par quel enchantement ces arbres toujours verds
Sont-ils chargés de fruits dans le cœur des hivers ?
La prune veloutée ici frappe ma vue ;
A son rameau la poire est encor suspendue ;
En décembre, en janvier, l'abricot y mûrit,
La pourpre du raisin en tout tems y rougit.
Tel est l'effet de l'art : une chaleur active
Par cent canaux d'airain y circule captive ,
Et fixe tour à tour en ces lieux enchantés
La douceur du printems, et l'ardeur des étés.

Différens de pays , de chant et de plumage,
Mille petits oiseaux animent ce bocage ;
Brillant d'or et d'azur, l'agile colibris
S'y plait à voltiger sur des myrtes fleuris ;
Sous ce saule pleureur où son instinct l'attire,
Le tendre rossignol chante son doux martyre ;
De l'Hespérie enfin ici l'aimable oiseau ,
Au tronc d'un oranger a fixé son berceau.
A son arbre , chacun reconnaît sa patrie :
L'un y trouve l'Afrique, et l'autre y voit l'Asie.

Ce ne fut point, Vienne, en tes riches palais ,
Que vint se délasser le Monarque français :
Sur tous ces monumens de ta magnificence
Le modeste Schœnbrunn obtint la préférence.
NAPOLÉON se plait à parcourir ces lieux,
Que tant de souvenirs lui rendent précieux ;

Chaque pas qu'il y fait, rappelle à sa mémoire
Thérèse, ses malheurs, ses vertus et sa gloire;
Et ce point de grandeur et de prospérité,
Où par ses heureux soins l'Empire était monté.
« Ombre auguste, dit-il, accueille mon hommage !
» Tu me vois à regret troubler ton héritage :
» Ah ! si ton petit-fils en croyait à mon cœur,
» Je serais son ami plutôt que son vainqueur ».
    Le séjour du héros dans ce paisible asile,
A ses vastes projets ne fut point inutile :
Pendant ces courts instans dérobés aux travaux,
Sa pensée enfantait des triomphes nouveaux;
Il soumettait d'avance aux plans de son génie
Les destins d'Allemagne, et ceux de l'Italie ;
Pesait les intérêts des divers souverains,
De ce roi trop puissant resserrait les confins,
De celui-ci plus faible augmentait la puissance,
Employant tour à tour l'épée et la balance.

CHANT SECOND.

'AIRAIN gronde et t'appelle à de nouveaux combats :
vainqueur d'Elchingen, je vole sur tes pas.
e travaux en travaux tu marches comme Alcide ;
Mais comment te suivrai-je en ta course rapide ?
oins prompt dans son essor, l'aigle de Jupiter
arcourt en souverain les vastes champs de l'air.
Sur qui vas-tu lancer les traits de ta colère ?
Quel ennemi nouveau menace ton tonnerre ?
Presbourg s'en épouvante, et loin de ses remparts
éjà se sont enfuis les enfans des Césars,
mportant avec eux au fond de la Bohême,
Les somptueux débris de la grandeur suprême.
  Cependant (1) Lichtenstein rassemblait sous Olmutz
es restes fugitifs de ses soldats vaincus,
Triste et faible débris de cette armée immense,
Qu'un combat vient de mettre au pouvoir de la France.
A leurs drapeaux s'est joint le formidable essaim
Des guerriers que le Nord a vomi de son seirl.
De vingt peuples divers assemblage barbare,
On y voit réunis et Cosaque et Tartare ;
Ceux même qui du pôle habitent les confins,
Et ceux que le Persan redoute pour voisins.
  Que vois-je ! sur les pas de cette troupe impie
Marchent, le front levé, le meurtre et l'incendie ;

(1) Commandant autrichien.

Les ruines par-tout attestent leurs fureurs;
Ils ravagent l'état dont ils sont les vengeurs.
Tout fuit avec effroi ces hôtes détestables,
Pour leurs propres amis cent fois plus redoutables
Que ces noirs ouragans dont le Ciel irrité
Quelquefois des humains punit l'iniquité.

    Leur prince les conduit, jeune, plein de vaillance,
Mais vain, présomptueux et sans expérience.
Enflé de sa grandeur, et d'encens enivré
Par les jeunes flatteurs dont il est entouré,
Sa folle ambition ne voit rien qui l'arrête,
Ne rêve que projets, ne rêve que conquête;
Il croit pouvoir lui seul du héros des Français
Faire pâlir l'étoile et borner les succès.

    Ce téméraire orgueil a passé dans l'armée,
De l'esprit de son chef toute entière animée:
Tous, le sabre levé, jurent de le venger,
Tous dans le sang français brûlent de se plonger.
Par un horrible cri, des gouffres du tartare,
La vengeance applaudit à ce serment barbare;
Mais François s'en indigne, et dans le fond du cœur,
De ces hommes de sang déteste la fureur.

    Cependant un conseil à la hâte s'assemble;
Là, vingt chefs étonnés de se trouver ensemble,
Différens d'intérêts, de mœurs et de climats,
Proposent mille plans, et ne s'entendent pas:
Norlits (1) de la lenteur adopte le systême,
Repnin (2) veut sur les Francs qu'on tombe à l'instant même;

(1) Norlits, commandant autrichien.
(2) Repnin, commandant de la garde impériale russe.

Michelson (1) pour la nuit réservant ses exploits,
Parle d'incendier tout le camp à la fois.
C'est ainsi que l'orgueil, l'aveugle confiance
Dirigeaient ce conseil privé d'expérience.
   Tandis qu'en ces débats on flotte irrésolu,
Alexandre se lève., et d'un ton absolu :
« A quoi bon ce fatras d'inutile grimoire !
» Les bras et non les mots décident la victoire.
» Russes, souvenez-vous du nom que vous portez,
» Les Francs à ce nom seul fuiront épouvantés :
» Que dès demain l'aurore éclaire leur défaite,
» Qu'ils tombent sous nos coups sans espoir de retraite !
» Allez, tel est mon ordre, et que chaque soldat
» Avant l'aube du jour soit prêt pour le combat » !
Il dit, et tous les chefs courent en diligence
Transmettre aux bataillons sa suprême ordonnance.
   Cependant BONAPARTE avec habileté
A calculé son plan sur leur témérité,
Et paraissant céder un moment à la crainte,
Fait donner le signal d'une retraite feinte.
Tout recule à l'instant, et ces vaillans soldats,
Que l'ennemi jamais ne fit céder d'un pas,
Qui bravèrent cent fois, d'un front inébranlable,
Des bombes, des boulets la tempête effroyable,
A la voix de leur chef se retirent sans bruit,
Pareils à des vaincus que le vainqueur poursuit.
   Dans Olmutz la nouvelle en est bientôt semée ;
Mille cris à la fois l'annoncent à l'armée :

_____

(1) Michelson, général russe.

« Le vainqueur d'Elchingen se dérobe à nos coups,
» Il fuit ; courons, amis : la victoire est à nous ».
Soudain hors des remparts Alexandre s'élance ;
Ses gardes l'ont suivi : guerriers dont l'arrogance
Ne voit dans les Français que des héros de cour,
Moins faits pour suivre Mars que pour servir l'amour.
Jeunes présomptueux, que de larmes amères
Votre fatale erreur doit coûter à vos mères !
Ils marchent : et le poids de leurs lourds bataillons
Ensevelit l'espoir des fertiles sillons.

Déjà l'ombre à pas lents descendant des montagnes,
Errait silencieuse à travers les campagnes ;
Mais la neige luttant contre l'obscurité,
Disputait à la nuit un reste de clarté.
L'armée à la faveur de ce jour qui la guide,
S'avance à flots pressés, comme un fleuve rapide
Qui surmonte sa rive, et menace en fureur
Tout ce que l'art oppose à son cours destructeur.

O plaines d'Austerlitz, que le Dieu des batailles
Va signaler bientôt par tant de funérailles,
Tu'vis avec effroi ces cruels bataillons,
Dans tes champs désolés planter leurs pavillons.
Ils s'arrêtent : déjà sur son appui fixée,
La tente se déploie à la hâte dressée ;
D'innombrables foyers allumés autour d'eux,
Environnent le camp d'une enceinte de feux ;
Tout devient l'aliment de la flamme rapide,
Et l'arbre au front superbe, et l'arbuste timide,
Et le sombre platane, et l'orme hospitalier ;
Et vous arbres chéris, trésor du jardinier,

Qui couronnez l'été, le printems et l'automne,
Ou des dons de Bacchus, ou de ceux de Pomone:
Ils saccagent ainsi de leurs cruelles mains,
Et l'espoir des vergers, et l'honneur des jardins.

Bientôt parmi les cris d'une brutale joie,
Aux bachiques fureurs ils se livrent en proie;
Leurs sens lourds et grossiers ne sauraient être émus
Sans le concours puissant des vapeurs de Bacchus:
Bacchus seul leur inspire au milieu du carnage
L'ardente soif du sang qui fait tout leur courage.

Des soins bien différens occupaient les Français
Accoutumés à l'ordre, ennemis des excès;
Chacun d'eux fièrement à son poste immobile,
Était au moindre signe attentif et docile.
Vive NAPOLÉON ! Ce cri dans tout le camp,
Répété mille fois, est le seul qu'on entend:
Lui-même observe tout d'un œil ferme et tranquille.
Sage comme Nestor, sans cesser d'être Achille,
Il promène par-tout ses regards vigilans,
Devine l'ennemi dans tous ses mouvemens,
Remarque ses erreurs sans en commettre aucune,
Attend tout de son art, et rien de la fortune.

Déjà l'ombre fuyait, et le jour incertain
Commençait à blanchir les vapeurs du matin:
Bientôt d'un vif éclat l'horison se colore,
Et la terre sourit au réveil de l'aurore.
L'astre des jours la suit plus pur, plus radieux,
Qu'il ne parut jamais dans la plaine des cieux;
Il ramenait ce jour où la France elle-même
Au front de son héros posa le diadême.

Que ce jour dans Paris aux fêtes consacré,
Sera près d'Austerlitz encore plus illustré !
C'est là que pour bouquet, des mains de la victoire,
NAPOLÉON attend une moisson de gloire.
Tout la lui présageait, et les événemens
S'accordaient dans leur cours à ses vœux, à ses plans ;
L'ennemi secondant son heureux stratagème,
Au piége d'un combat venait s'offrir lui-même.
Déjà se déployaient ses nombreux bataillons,
Sur le flanc des côteaux, dans le sein des vallons,
Pareils dans le lointain à ces forêts antiques
Qui bornent l'horison des plaines germaniques.
Soudain NAPOLÉON : « les voilà nos rivaux !
» Aux armes, mes amis, déployez vos drapeaux » !
Aussi prompt que sa voix, dans l'ordre et le silence,
Hors de son pavillon chaque guerrier s'élance :
Tout s'arme, tout frémit, et déjà sous la main
Bondit le fier coursier dévorant le chemin.
Le héros, d'un regard où se peint la tendresse,
Envisageant alors la foule qui le presse :
« Ah ! je sais, leur dit-il, que prompte à me servir,
» La victoire avec vous ne saurait me trahir ;
» Mais hélas ! de quel prix faut-il que je la paie ?
» Du prix de votre sang, voilà ce qui m'effraie :
» A ma juste douleur j'éprouve en ce moment,
» Qu'il n'est pas un de vous qui ne soit mon enfant ».
Cependant tout s'ébranle, et le Dieu de la guerre
A donné le signal par la voix du tonnerre,
Par le bruit des tambours et le son des clairons,
Rendus et prolongés par les bois et les monts.

A ce concert d'effroi tout le camp des Tartares
Répond et pousse au loin mille clameurs barbares.
Ainsi de nos forêts les féroces tyrans
Préludent aux combats par d'affreux hurlemens ;
Ou tel rugit encor dans son horrible joie,
Le tigre impatient de déchirer sa proie.

On voyait d'un côté le nombre et la fureur ;
Ici l'expérience unie à la valeur.
L'habileté du chef, sa gloire, son courage
Au parti des Français promettaient l'avantage.
O grand NAPOLÉON ! le ciel, tout l'univers
Sur toi dans ce moment avaient les yeux ouverts.
Mais déjà s'avançaient et l'une et l'autre armée,
Parmi des tourbillons de flamme et de fumée ;
Sur la neige durcie on s'ouvre des sentiers,
L'enfer tonne sur eux, l'hiver est sous leurs pieds.
Une épaisse forêt de lances hérissées,
De mousquets menaçans et de piques baissées,
Le sabre recourbé, le tranchant coutelas,
Sous mille traits hideux présentent le trépas.

Telle qu'on voit souvent une effroyable nue,
Faible, et n'offrant d'abord qu'un point noir à la vue,
De ses flancs ténébreux dérouler l'épaisseur,
Et voiler tout le ciel d'une sombre vapeur ;
Tel se développant sur une ligne immense,
Des enfans du Volga le tourbillon s'avance,
Précipitant sur nous ses flots tumultueux,
Plus bruyans dans leur cours que les vents orageux.

Mais l'art et le génie avaient d'intelligence
Des bataillons français disposé l'ordonnance ;

Unis, et divisés en trois corps différens,
Ils marchaient dans un ordre , un silence effrayans.
Bernadotte guidait le centre de l'armée,
Ce héros dont cent fois l'agile renommée
Apprit à l'univers les succès éclatans.
Non moins chers au dieu Mars, et rivaux en talens,
Et tous deux couronnés de palmes immortelles,
Lasne et Soult du grand corps faisaient mouvoir les ailes :
Des nuages de feu que vomissaient leurs rangs,
Sur l'ennemi tonnaient et foudroyaient ses flancs.
Ainsi l'Etna mugit quand sa bouche fumante
Roule les noirs torrens d'une lave brûlante.

On s'approche , on se mêle , et l'ange du trépas
Étend sur les deux camps son parricide bras ;
Une sombre fureur à l'envi les excite,
Au-devant du péril chacun se précipite :
Le pas foule le pas, l'acier croise l'acier,
Au guerrier mort succède à l'instant un guerrier.
Ainsi le flot des mers qu'un vent orageux chasse ,
Est suivi d'un second qu'un troisième remplace.

Quel est cet escadron (1) plus léger que le vent,
Qui perce, sabre, tonne et foudroie en courant ?
Ciel ! jusqu'où des humains ne parvient pas l'audace !
De nos foudres d'airain la formidable masse
A chargé de son poids les coursiers belliqueux ;
Le trépas monte en croupe et galope avec eux.
Ainsi d'un vol hardi, dans sa royale serre,
L'aigle à travers les airs emporte le tonnerre.

(1) Artillerie volante.

Jamais par des moyens plus prompts , plus destructeurs ,
N'avait le cruel Mars signalé ses fureurs.
Déjà de Michelson la colonne enfoncée ,
Ou tombe foudroyée , ou s'enfuit dispersée.

Oh ! quel deuil va couvrir les bords du Tanaïs !
Moskou, fière Moskou, qu'as-tu fait de tes fils ?
Tes fils ! hélas ! en vain leurs mères les attendent,
Leurs plaintives moitiés en vain les redemandent ;
Ils ne reverront plus le rivage natal,
Ni le toît paternel, ni le lit conjugal ;
Et loin du sol glacé qui leur donna la vie,
Leurs corps engraisseront les champs de Moravie.
Ainsi des rangs entiers de malheureux soldats,
Tombaient comme l'épi sous la faux du trépas.

Grâce te soit rendue, ô mort impitoyable !
Tu parus en ce jour à nos vœux favorable ;
Très-peu de nos guerriers par toi furent atteints,
Soit que les vrais héros maîtrisent les destins ,
Soit que du Tout-Puissant les ministres fidèles
Au milieu des dangers les couvrent de leurs ailes.

Sans cette aide du ciel, sans ce puissant secours ,
Kellermann, Marizy (1), c'était fait de vos jours :
Une invisible main se frayant un passage ,
Vous retira sanglans du milieu du carnage.
Vous échappez de même au fer de l'ennemi ,
Vous, Dermont, vous, Thiébault, vous, Sébastiani,
Vous-même, Rapp (2) enfin , à qui cette journée
D'un illustre captif soumit la destinée.

(1) Généraux français blessés, cités dans le bulletin de l'armée.
(2) Généraux français cités dans le même bulletin.

Dieu ! quel est ce héros qui, tout percé de coups,
N'en paraît que plus fier, plus ardent de courroux ?
C'est toi, vaillant Hilaire (1): en vain de ta blessure
Le sang coule à grands flots et rougit ton armure,
Tu repousses les soins et l'utile secours
De la main qui voudrait en arrêter le cours :
Le moindre instant perdu le serait pour ta gloire,
Au prix de tout ton sang tu payerais la victoire !

Parmi ces nobles preux ton nom sera cité,
Toi qui reçus le jour dans l'aimable cité
Que baigne lentement, dans sa pente insensible,
La Saone, emblême heureux de son peuple paisible :
Deux fois, brave Girault (2), par le nombre accablé,
Tu ranimas des tiens le courage ébranlé ;
Sans craindre pour ta gloire, on trembla pour ta vie ;
Mais enfin du succès ta valeur fut suivie.

D'un immortel burin grave ces noms fameux,
O Muse, transmets-les à nos derniers neveux !
Des Brunet, des Robert (3) conte-leur les merveilles,
Des exploits de Murat étonne leurs oreilles ;
Murat qui conduisait ces escadrons brillans,
Vainqueurs des Mamelouks et des fiers Ottomans ;
Murat, dont le Danube, et le Nil et l'Adige,
D'une rare valeur attestent le prodige ;
Murat, plus glorieux du prix dont l'Empereur
Honora ses vertus, en lui donnant sa sœur.

---

(1) Général français, mort sur le champ de bataille.
(2) Aide-de-camp, natif de Chalon-sur-Saone.
(3) Aides-de-camp, compatriotes du brave Girault, et qui ont été cités pour s'être distingués.

Mais, quel essaim nombreux, quelle foule brillante
Précipite ses pas sur l'arène sanglante ?
Ah ! le nom des héros peut-il craindre l'oubli ?
C'est vous, Valter, Davoust, c'est vous, Caffarelli,
Héros, qu'a tant de fois couronné la victoire ;
Hâtez-vous de guider sur les pas de la gloire,
Mille jeunes guerriers formés à vos leçons,
Et tous impatiens d'égaler vos grands noms !
Des instrumens à feu dédaignant l'avantage,
C'est le sabre à la main qu'ils portent le ravage ;
Par leur terrible choc le Russe culbuté,
Cède enfin un terrein si long-temps disputé.
Vainement au combat Buxoden les rappelle,
Trop infortuné père, il voit la mort cruelle
Frapper à ses côtés, ô regrets ! ô douleur !
Un fils, digne héritier de sa noble valeur.
Parmi les ennemis ce n'est plus qu'épouvante,
Trouble, désordre affreux que chaque instant augmente :
Ces bataillons si fiers, rompus de toutes parts,
De leurs débris sanglans couvrent le champ de Mars :
Les uns jetant au loin leur épée inutile,
Courent au fond des bois s'assurer un asile :
D'autres dans Austerlitz entraînés par la peur,
Vont raconter au Czar leur honte et son malheur.

TROISIÈME CHANT.

Que devint le Sultan lorsqu'un récit fidèle
Du désastre des siens lui porta la nouvelle ?
Poussé par les transports d'un dépit furieux,
Il accuse la terre , il accuse les cieux,
Et son heureux rival, et cette destinée
A poursuivre François si long-tems obstinée.
Aux éclats de sa voix accourt Dolgorouki ;
Du jeune souverain ce jeune favori,
Dépourvu de génie et sans expérience ,
Mais habile en intrigue et plein de suffisance ;
Par un esprit adroit , insinuant , flatteur,
Avait su plaire au Czar et captiver son cœur ;
C'était de ses secrets le confident unique,
L'ame de ses conseils et de sa politique :
Mais il soutenait mal le poids de tant d'honneurs ,
Et sa fierté hautaine indignait tous les cœurs.

   « Ami , lui dit le Czar, que résoudre et que faire ?
» Tu vois combien le sort à mes vœux est contraire ;
» Tous mes soldats frappés d'une indigne terreur,
» Semblent avoir perdu leur antique valeur :
» L'honneur a beau crier, sa voix est impuissante ,
» L'aspect d'un seul guerrier les glace d'épouvante.
» Au nom de Bonaparte , à ce terrible nom,
» Tout fuit , sans écouter ni devoir ni raison :
» Convient-il qu'Alexandre en ce péril extrême
» Courre les rallier et combattre lui-même ?

» Ou bien que pour sauver leurs malheureux débris,
» D'une lâche prudence écoutant les avis,
» Et lui-même donnant le signal de retraite,
» Il aille au monde entier confirmer sa défaite ».
   « Ah ! Prince, lui répond le jeune confident,
» Se retirer, c'est fuir, l'honneur nous le défend :
» Et vous, Seigneur, et vous, le cri de la patrie
» Vous défend d'exposer une si chère vie :
» Commandez seulement, la victoire est à vous:
» Ces orgueilleux Français tomberont sous nos coups.
» Faites marcher contre eux cette garde terrible
» Qui forme autour de vous un rempart invincible ;
» Eux seuls, n'en doutez pas, soutiendront notre honneur:
» La fortune jamais ne trahit leur valeur ».
   « Ami, répond le Czar, ce que l'honneur t'inspire,
» Tu vas l'exécuter: la gloire de l'empire
» Est remise à tes soins : pour un nouveau combat,
» Cours, dispose à ton gré du chef et du soldat ».
   Il dit : et soudain monte au haut de la muraille,
D'où son œil plonge au loin sur le champ de bataille.
Mais quels tristes objets s'offrent à ses regards !
Il voit ses bataillons cernés de toutes parts,
Et forcés de choisir, par un destin funeste,
Ou la mort ou les fers, seul parti qui leur reste.
Il frémit, il s'indigne et détourne son œil
De ce tableau d'effroi qui blesse son orgueil.
   Cependant il cherchait avec impatience,
Parmi tant de héros, le Monarque de France:
Bientôt il le distingue à sa noble fierté,
Au feu de ses regards, à cette majesté

Qui des dieux de la terre est l'empreinte fidèle :
Ce n'était ni César, ni le vainqueur d'Arbelle,
Mais c'est NAPOLÉON : tel le maître des Dieux,
Qu'Homère nous dépeint, quand du trône des cieux
Armant son bras vengeur des traits de son tonnerre,
Terrible, il foudroyait les vains fils de la terre.

Le Czar admire encore ces braves grenadiers
Levant un front superbe ombragé de lauriers.
Un ordre du héros enchaînait leur courage :
On se battait sans eux ! ils en pleuraient de rage.

Non loin était Berthier, ministre, général,
Compagnon de sa gloire, et presque son égal;
Nouvel Éphestion d'un nouvel Alexandre,
Plus digne des honneurs que jaloux d'y prétendre;
Il portait sur son front cette sérénité
Qui commande l'espoir et la sécurité.
Achille eut son Patrocle, et le héros de France
Le trouvait dans Berthier son second en vaillance.

Le Czar sur ces objets avait les yeux fixés,
Quand soudain mille cris jusqu'au ciel élancés,
D'un succès passager lui portent la nouvelle.
Tout cédait aux efforts de sa garde fidèle :
Il voit lui-même, il voit leurs sabres triomphans
Se frayer un passage à travers les mourans;
Les Français étonnés, à ce torrent rapide
Opposer, mais en vain, un courage intrépide;
Incapables de fuir, trop fiers pour reculer,
Sous les pieds des chevaux ils se laissaient fouler.

Repnin, le fier Repnin commandait cette élite;
La troupe des fuyards que son exemple excite,

Se rallie à sa voix : « lâches, où fuyez-vous ;

» Leur criait-il d'un ton animé de courroux ?

» Quoi ! venir de si loin essuyer cet outrage !

» Russes, qu'est devenu votre antique courage ?

» Que dira Pétersbourg, en voyant ses guerriers.

» Rentrer en fugitifs au sein de leurs foyers,

» Et rapporter au lieu des lauriers de la gloire,

» L'affront d'une défaite honteuse à leur mémoire :

» Vainqueurs des Polonais, des Turcs et des Persans,

» Vous fuir ! et devant qui ? devant ces mêmes Francs

» Qu'épargna Souwarow dans les champs d'Italie,

» Ces restes de vaincus qui vous doivent la vie ;

» Courons les vaincre encore, et qu'un nouveau combat

» Répare votre honneur et celui de l'état ».

Il dit : et son discours ranimant l'énergie,

Le combat recommence avec plus de furie.

Oh ! combien de héros justement regrettés,

Dans le sein de la mort furent précipités !

Tu péris, Valhubert (1), victime infortunée !

Hélas ! qui des Français n'a plaint ta destinée ?

Enveloppé, pressé par un gros d'ennemis,

Long-tems tu soutins seul leurs efforts réunis ;

Le nombre enfin l'emporte, et ta valeur succombe :

Heureux, avant d'entrer dans la nuit de la tombe,

De léguer à tes fils un nom rempli d'honneur,

Et d'ouïr proclamer NAPOLÉON vainqueur.

C'est ainsi que du Czar la garde redoutable

Éprouva la fortune un moment favorable,

---

(1) Consultez le bulletin de l'armée.

Et de nos fantassins on vit des rangs entiers
Culbutés, écrasés sous le pied des coursiers:
Surpris, ils périssaient sans pouvoir se défendre;
Et préféraient la mort à l'affront de se rendre.
O guerriers généreux, si dignes de nos pleurs !
Le cri de votre sang appelait des vengeurs !
NAPOLÉON l'entend, il frémit, il s'écrie:
« Gardes qui m'entourez, soutiens de la patrie,
» Nos braves, nos amis périssent égorgés !
» Ils périssent, ô Ciel ! et ne sont point vengés !
» Courez, exterminez ces rivaux téméraires,
» Et lavez dans leur sang l'outrage de vos frères ».
Il dit : et voit déjà dans leurs yeux satisfaits,
Que cet ordre est pour eux le comble des bienfaits.
Soudain, en moins de tems que l'éclair fend la nue,
Leur brillant escadron part, échappe à la vue,
Emporté par l'ardeur de leurs coursiers légers,
Impatiens comme eux de braver les dangers.
Russes, à leur aspect quelle terreur vous glace !
Vous, gardiens des Césars, que devient votre audace?
Les voilà ces rivaux tant méprisés par vous !
Quoi ! dès le premier choc vous tombez sous leurs coups !
Vous tendez à Bessière (1) une main suppliante,
Vous courbez sous le joug cette tête arrogante
Qui menaçait tantôt de les exterminer !
Heureux qu'ils veuillent bien encor vous pardonner !
Le fier Repnin qui voit son audace trompée,
Aux mains du vaillant Rapp a remis son épée,

(1) Le maréchal Bessière commandait les Invincibles.

Et trouve en son vainqueur, au lieu d'un ennemi ;
Tout le zèle empressé, tous les soins d'un ami.

    Du Français en tout tems tel fut le caractère ;
Il use noblement des succès de la guerre,
Et toujours aux vaincus sa douce aménité
Rend facile le joug de la captivité ;
Tous auraient éprouvé son ame généreuse,
Et tous auraient béni sa main victorieuse,
Si plusieurs entraînés par un fatal destin,
Eux-mêmes de leurs jours n'eussent hâté la fin.
Pressés par le vainqueur ardent à leur poursuite,
Sur des marais glacés la peur les précipite :
Mais, ô spectacle affreux ! infortunés soldats !
La glace sous leur poids se rompt avec fracas ;
Et le lac infidèle en ses profonds abîmes
A dévoré soudain d'innombrables victimes.

    O Czar, tu fus témoin de leur funeste sort,
Et le cri de ton cœur t'accusa de leur mort.
Voilà les tristes fruits de cette ligue infame
Dont la haine de Pitt avait tissu la trame ;
Remène à Petersbourg, sans arme et sans honneur,
Ces débris fugitifs qu'épargne le vainqueur.
En vain par des récits où la fraude respire,
Tu crois sur ta défaite abuser ton empire :
Inutile imposture ! et la terre et les mers
Ont déjà retenti du bruit de tes revers.
François qu'avait séduit ta funeste alliance,
François désabusé tend ses bras vers la France ;
Et de NAPOLÉON sincère admirateur,
Tourne enfin ses regards vers cet astre vainqueur.

Cependant le héros guidé par la clémence ,
Arrête ses guerriers et suspend leur vengeance :
Ce n'est plus le dieu Mars enflammé de courroux,
Son front calme et serein brille de traits plus doux ;
Et l'olive en ces mains qui portaient le tonnerre ,
Devient pour les vaincus un gage tutélaire.
Il parcourt en vainqueur humain , compatissant ,
Ce théâtre à la fois glorieux et sanglant :
Par ses soins les mourans sont rendus à la vie ,
Les captifs consolés, leur misère adoucie :
« La victoire , à mes lois, dit-il, vous a soumis ,
» Mais je ne prétends voir en vous que des amis ;
» La France vous attend , la France généreuse
» Accueille avec respect la valeur malheureuse.
» Mon peuple, on vous l'a peint sous des traits odieux,
» En le voyant de près vous le jugerez mieux :
» Tranquille en ses foyers , humain , doux et sensible ,
» Ce n'est qu'au champ de Mars qu'il est fier et terrible ;
» En des liens si doux il changera vos fers ,
» Que loin d'être odieux ils vous deviendront chers ».
   C'est ainsi qu'il cherchait, par des soins magnanimes,
A ranimer l'espoir de ces tristes victimes.
Comme il parlait encore , un spectacle imprévu
D'un doux saisissement frappe son cœur ému.
François cédant enfin au remords qui l'agite,
Dans les bras du héros, François se précipite :
Le vainqueur le reçoit avec empressement ,
Et lui jure l'oubli de tout ressentiment.
« Mon frère, ajoute-t-il, qu'une heureuse alliance
» De nos divisions étouffe la semence ;

» Qu'elle unisse en ce jour, par les nœuds les plus saints,
» L'aigle de mon empire à celui des Germains!
» Je vous rends à ce prix cette contrée immense
» Que le droit de la guerre a mis en ma puissance ».

François, à ce discours qui comble tous ses vœux,
Embrasse le héros si grand, si généreux,
Dans sa rare vertu plus admirable encore,
Que par tous les hauts faits dont l'éclat le décore.

« Mon frère, lui dit-il, tu m'as vaincu deux fois:
» Je cède à tes vertus autant qu'à tes exploits:
» Hâtons ce doux moment où doit être jurée
» Une paix dont mon cœur garantit la durée ».

Le Ciel qui les entend applaudit à leurs vœux,
Et l'Ange de la paix descend au milieu d'eux.

Au centre des deux camps un tombeau solitaire
Étalait aux regards sa pompe funéraire :
Mille attributs divers entourent ce cercueil
Qu'embrasse la patrie en longs habits de deuil.
Là repose Kaunitz, dont le nom seul rappelle
Un politique sage, un ministre fidèle,
L'heureux conservateur de la paix et des arts,
Et le plus ferme appui du trône des Césars.
Des malheurs de son roi cette ombre désolée,
Semblait gémir encor sous ce froid mausolée.
Ce fut sur ce tombeau que les deux Empereurs
Par des nœuds solennels enchaînèrent leurs cœurs,
Et jurèrent enfin cette sainte alliance,
Le salut de l'Autriche et l'honneur de la France.

F I N.